立 场

吉木狼格 著

图书在版编目（CIP）数据

立场 / 吉木狼格著 . — 成都：四川文艺出版社，
2017.7
ISBN 978-7-5411-4647-3

Ⅰ.①立… Ⅱ.①吉… Ⅲ.①诗集－中国－当代
Ⅳ.① I227

中国版本图书馆 CIP 数据核字 (2017) 第 148176 号

LI CHANG
立　场
吉木狼格　著

责任编辑	余　岚
封面设计	叶　茂
内文设计	史小燕
责任校对	蓝　海
责任印制	周　奇

出版发行	四川文艺出版社（成都市槐树街 2 号）
网　　址	www.scwys.com
电　　话	028-86259287（发行部）　028-86259303（编辑部）
传　　真	028-86259306
邮购地址	成都市槐树街 2 号四川文艺出版社邮购部　610031
排　　版	四川最近文化传播有限公司
印　　刷	成都新千年印制有限公司
成品尺寸	142mm×210mm　1/32
印　　张	6.25　　　　　　　　字　数　130 千
版　　次	2017 年 8 月第一版　印　次　2017 年 8 月第一次印刷
书　　号	ISBN 978-7-5411-4647-3
定　　价	30.00 元

版权所有·侵权必究。如有质量问题，请与出版社联系更换。028-86259301

我们为无法记住的音乐

默默激动，魂牵梦绕

我们歌唱它的一去不返

歌唱它给我们留下的空白

目录

001　一句话
002　还　债
003　灯下写诗
004　雨之夜
005　河里的鱼
006　看　见
007　偶　然
008　几句诗
009　我们是语言的工具
012　姐妹花
013　天地间
014　游乐园
015　疑　问
016　太　阳
017　立　场

018　亲爱的孤独

020　爽

021　对　立

022　听我的话

023　致石光华

024　写一首陶渊明

025　了不起

026　折　磨

028　诺贝尔奖

029　情　怀

030　问自己

031　时　光

032　望　潮

033　一枚戒指

034　致　歉

035　历史与传说

036　想

037　一片药

038　抒情和偷情

039　约　定

040　两种人

041　小区，一周纪要

043	写于2016年美国总统大选之前
045	明天，我们去纽约
046	路　上
048	自由的烟头
050	不一样的菊花
051	小约翰镇
052	我不知道她叫什么名字
053	笑
054	不懂英语等于不懂爱情
055	歌　声
056	远方的鱼
057	比　傻
058	地球的另一边
059	等
060	房　子
061	火　车
065	失　眠
066	神　话
067	行　走
068	电　话
069	菩萨保佑
070	绝对集体

073　一般来说

074　这一天

076　阿根廷蚂蚁

077　草原上有一条河

080　哪天去看小安

082　反　省

083　运动一组

086　这个夏天

087　艰难的一天

088　看书的过程

091　自　白

094　新　人

095　门

097　金钱草

098　特别的诗

099　像歌词的诗

100　偏　爱

101　偏爱的后果

102　走火入魔

104　信　仰

105　表　态

106　我发现我善于发现

107	我心中的小说
108	流浪者
109	情　侣
110	A和B
112	小女孩
113	生死歌
114	一棵树与一片森林
115	卖樱桃的人
116	一辆红色的轿车停在雨中
117	午夜写诗
118	八月的风
119	眼　睛
120	我是一个忙碌的人
121	晾衣服
125	想一个人
126	想一件事
127	想一个地方
129	蝴蝶1
130	蝴蝶2
131	生　活
132	三读一本书
133	小房子酒吧

135	去黄龙溪
136	朋　友
137	没有诗歌哪来工作
139	杨黎和成都的太阳
141	点　菜
142	现　象
143	静夜思
144	习　惯
145	隐秘的河
146	等　待
147	天　啊
149	张老师
152	最矮的同学
154	朦胧的初恋
156	三个诗人
157	一块布
158	周末快乐
159	女　人
160	蔑　视
161	下　雨
162	童　谣
163	见　鬼

164　大　气
165　开心的疯子
166　停　电
167　有趣的来客
169　等到下一次
170　美好的事
171　送　花
172　种在楼顶的树
173　夜　晚
174　吃　酒
175　进　步
176　人民的梦
177　我的未来
178　混　乱
179　故　宫
180　感　恩
181　照　明
182　做　客
183　我他妈挺崇高的
187　平原记

一句话

你要告诉我一句话
但要等到天黑以后
你不敢在白天说
它是为夜晚准备的
在白天说了
天就始终黑不下去

还 债

我还欠你两行眼泪

此生无法还了

来生吧

来生多还两行

算作利息

灯下写诗

房间里有三盏灯
不意味着要写三首诗
窗外是小河
我坐在椅子上
细听流水的声音
桌上的笔和纸
以及正在写的诗
跟小河唯一的关系
是里和外的关系
我只开了一盏灯
就算三盏灯同时打开
不意味着要写三首诗
窗外的小河
它流自己的水
如同我在灯下
写自己的诗

雨之夜

我听见外面下雨了
下雨之前刮了一阵风
风停后显得异常安静
雨就在安静中下了起来
由小下到大
雨一下,风又来了
但风不大,雨大
越下越大的雨
渐渐已听不到风声
无风的雨,它再大
大到不能再大
听上去也是安全的

河里的鱼

河里的鱼是脆弱的
它们离开河就会死
它们就算不离开河也容易死
一场大雨过后，山洪暴发
混浊的河水很可能把它们呛死
它们常常因为某些小小的变故死去
但总的来说，它们在河里是自由的
它们的自由仅限于河里，上不了岸
它们脆弱的生命，受限的自由
让岸上的动物伤透脑筋
羡慕的，贪婪的，都有
当河水足够清亮
在高高的岸上，可以清楚地看见它们
时而急迫，时而从容地游走

看 见

我们能够看见的东西
就时间而言
都是从前的东西
都存在于我们看见之前
这是科学的说法
不科学的是
我们没有看见的东西
等于不存在
假如哪天我用眼睛
看见了未来的东西
哪怕是一秒之后的东西
我只能摊开手说，没办法

偶　然

出门前我写下几句诗
回来看见感觉特别奇怪
我是可以不写这几句诗的
但我写了
就像我有可能不会来到这个世上
但我已在这个世上生活了数十年

几句诗

我心中

有几句诗

数十年

写不出来

几句诗

数十年

这太神奇了

我们是语言的工具

1

我们使用语言
但不清楚语言从何而来
我们假设语言从语言而来
嘭的一下,从天而降
或者破土而出
或者不降,不出,就在

2

我们只会使用语言
只有使用语言
我们清楚
语言构成了人类的一切
非人类的也在其中

3

一个语种是语言
比如法语
两个语种还是语言
比如彝语和汉语
把所有的语种加起来
更是语言
比如语言

4

我们活在语言之中
而不在语言之外
就算我们死
也死不到语言之外

5

我们用语言思想
语言就给了我们灵魂
我们还被语言武装

被语言确立我们的身份

6

没有语言就没有地球的年龄
宇宙的大小
就没有宗教和蓝天白云
更没有进化论

7

语言像时空的囚室
从未停止过对我们的局限
一如语言像真理的钥匙
从未停止过对我们的开启

8

一个作家
用语言写作
让我们看到他的局限
同时也看到他的开启

姐妹花

我先后
认识两姐妹
姐姐漂亮、性感
善解人意
妹妹说
那是我姐姐
我不禁在心中
感叹
姐姐都这样
妹妹当然了

天地间

我是一个人
而不是一只鸟
是人都离不开地面
我不是一只鸟
却曾坐在万米高空
我躺在深夜的床上
思想跑到了九霄云外
黎明将近时
我扣响静悄悄的左轮
把子弹射向天空深处
当灵魂随子弹掉下来
会不会像流星那样
假如像
我将不断扣响左轮
直到天空全是流星

游乐园

我坐在阳光下的草坪上
不远的地方
有一个儿童游乐园
我坐着
没有问题思考
我喜欢看那些快乐的孩子们
以及带着快乐的孩子的
年轻的妈妈

疑 问

我经常梦见一个地方
不是想起,是梦见
我知道这个地方
我曾经去过
它对我并不重要
为什么要经常梦见
是不是我的魂
或者魂的一部分
留在了那里

太　阳

正午高悬于天上的太阳

数十年前也这样高悬于天上

今天的和数十年前的太阳

在今天和数十年前

都是同一个太阳

它以不变的样子照耀着我们

它还照耀过远古的人

并有可能继续照耀未来的人

而我们在它的照耀下渐渐老去

立 场

我们歌唱那一去不返的
听了就忘的音乐
我们只能歌唱这样的音乐
我们不会歌唱那些值得歌唱的
我们为无法记住的音乐
默默激动,魂牵梦绕
我们歌唱它的一去不返
歌唱它给我们留下的空白
我们不是用歌唱去歌唱它
而是用洗耳、恭听和忘记

亲爱的孤独

我在南方生活
情人除了不在南方
在任何地方

我在不该想你时想你
好比当着明月的面
偷看星星

我到任何地方
隔着人群朝你微笑
你却不会看见

我有许多亲人和朋友
我还可能有许多同志
也可能一个同志也没有

你好,同志
或者先生

你好,亲爱的孤独

今夜孤独是可耻的
它代表独立和尊严
而独立和尊严特别可耻

白天昏睡,夜晚独醒
这正是颠倒黑白的
原因所在

醒来吧
醒来吧
然后又睡去

为了看日出
我比早晨起得还早
早到先看月亮

爽

昨晚我做了一个很爽的梦
爽得很不要脸
我站在一个地方
具体位置有些模糊
总之我站得比较高
我站在比较高的地方
引领河流
我的手这么一指
再这么一指
那些河流顺着我指引的方向
流啊流
正流得爽,我却醒了
醒来后我还在爽
我想这是不是暴露出
我的某种阴暗的念头
阴暗就阴暗吧
我爽着这样想

对　立

冷天进入热

热天触摸冷

在长长的路上走一小段

在无边的黑暗点一束光

这就是爱

因为恨不起来

听我的话

听我的话
对你有好处
不听我的话
对你也有好处
听我的话
不听我的话
就在你一念之间
听了有好处
不听也有好处
关键在我说不说
只要我说了
听不听
对你都有好处

致石光华

遥想当年

写一首诗

拼一次命

那时命很轻

诗很重

如今写诗

不一定拼命

但命仍然轻

诗照样重

写一首陶渊明

你在南山

遥看东边的菊花

和其他古人一样

你喜欢闪烁其词

实际在痛斥很多东西

你的那点最高境界

以为我不知道

在遥远的古代

你是个有理想的人

除了鬼和神仙

是人都有理想

为什么我的理想

总是合不了群

这是不是等于没有理想

了不起

你们人类有本事

再弄一个地球

围绕太阳转动

然后看它产生生命

看它进化出人类

你们弄的这个地球

会不会也有

音乐、绘画、诗歌

会不会因为

土地、民族和信仰

发动过无数的战争

会不会因崇尚科技

而担心被毁灭

你们弄的这个地球

会不会再弄一个地球

围绕太阳转动

折 磨

被性欲折磨的
是正常的平凡的人
被名利折磨的
是不正常的优秀的人
被二者同时折磨的
要么入世,要么出世
做一个平凡的人
不一定被性欲折磨
做一个优秀的人
必然被名利折磨
同时也被性欲折磨
做一个优秀的人
比做一个平凡的人精彩
做一个平凡的人
比做一个优秀的人自在
我有时平凡,有时优秀
有时被名利折磨
有时被性欲折磨

有时同时被二者折磨

一般情况下

是人都逃不脱被折磨

诺贝尔奖
——致朋友

如果有一天
诺贝尔奖授予了我
（这不可能）
我不会怨天尤人
只会以作弊者的惭愧
反躬自省
在我的作品中
有许多人文关怀的尾巴
被逮着了

如果我是
诺奖评委的领导
（这更不可能）
我要搞一搞你
想办法游说他们
把诺奖发给你
让你成为众多
人文关怀的作家之一

情　怀

又想起她了

我承认，我对她的情怀

由来已久

当年她青春、漂亮

如今，她依然

青春、漂亮

我一直想，一直想

在某时某地

比如月光里的

野外或床上

跟她……（此处未删除）

问自己

我问自己
有什么可维护的
从形而下讲
一切都可维护
只要想维护
从形而上讲
没什么可维护的
真的没什么

时　光

谁的车跑在前面
谁又在后面追赶
是的士载客去前方
是古人骑马赶上来

望　潮

它望着海潮

它叫望潮

我没见过望潮

更没见过望着海潮的望潮

我的朋友说

望潮和海蜈蚣

是最美的海味

我听了很馋

可是想到望潮

望着海潮的样子

我忍心去吃吗

一枚戒指

我有一枚戒指

火焰纹的南红玛瑙

庸俗的人说它像个葫芦

更庸俗的人说它像个8

我带着它最庸俗

但这庸俗让我倍感温暖

因为它是我的朋友

在玛瑙市场发现后

做成戒指送给了我

致　歉

亲爱的先生

以及亲爱的女士

我坚决认为

相遇就是缘分

叫不出您的名字

甚至忘了见过面

请您一笑了之

犯不着为一个

记忆出了问题的家伙

搞得心里不痛快

历史与传说

历史是写出来的
把真实记录下来
这是历史
把不真实变成真实
这也是历史
而传说不要求真实
却往往包含真实的成分

想

我住在航空港

今晚很安静

我想起了一些老歌

比如军港之夜

我还想起了一些

老书和老电影

想着想着不禁要问

是不是我已经老了

随后我告诉自己

老了就老了

老了只丢自己的脸

不老却丢人类的脸

一片药

一片治病的药

放在我手中

吃不吃

是观念问题

我的病表现为痛

有的病不痛

痛我能忍

可再能忍

我也不想痛

药在手中

送药的水在杯中

病和药是一个整体

有病无药

或有药无病

都是不完整的

病了吃药

好比有情人终成眷属

抒情和偷情

我在抒情的时候
决不偷情
我软弱啊
抒情使我心慈面善
而偷情需要勇敢
需要那么一点狠劲
我总是忍不住要抒情
这耽误了我许多
偷情的机会
但多数时候我不抒情
不抒情
未必要偷情
抒情和偷情
原本就各干各的事

约 定

到相约的地点见面
你可以不来
我相信你不来的理由
我可以不去
你相信我不去的原因
我们应该这样
来不来去不去无所谓
只要记住我们曾经的约定

两种人

一种背地里是好人
公开的场面当坏人
一种背地里是坏人
公开的场面当好人
好人做的坏事
总让我们感动
我们希望他多做好事
以便让我们更加爱他
坏人做的好事
更让我们生气
我们希望他多做坏事
以便让我们更加恨他

小区,一周纪要

本周一下午
一栋三单元二楼
有人在打长途电话
声音特别大
我在一楼听得很清楚
三栋二单元
有狗的叫声传出
估计是主人回家引起的
周二上午
物管通知晚上停电
黄昏一个空姐
拖着皮箱返回小区
我没有问她
是从哪一次航班下来的
周三的上午和下午
有三家快递公司
分别叫我领取三样东西
领东西的人

除我之外大多是女性

周四周五周六

小区风平浪静

没听说有小偷潜入

在步行锻炼的人中

增加了一位孕妇

她应该是五栋的

具体哪个单元不详

星期天上午

体育频道播放拳击节目

若无其他要事

我一般看完后才出门

写于2016年美国总统大选之前

1

如果希拉里获胜

继美国第一任黑人总统之后

美国第一任女性总统登场

这就是美国

如果川普获胜

原以为的闹剧和笑话

成为堂堂正正的大选结果

这更是美国

2

事情很简单

希拉里和川普

不管谁获胜

美国还是美国

3

你不能说
喜欢希拉里就正常
喜欢川普就不正常
我知道
很多人喜欢希拉里
但同时
很多人投川普的票
他俩谁当上总统
结果肯定不一样
尤其对那些
选择他们的人来说

4

当然
不能选择他们的人
隔山观望
各怀鬼胎

明天，我们去纽约

我们，达恬地、何小竹和我
两个中国人一个美国人
准备去纽约
我们从小约翰镇出发
开车需要五到六小时
我们打算住在新泽西
然后坐地铁去纽约
新泽西和纽约
分别有一支NBA球队
我熟悉他们的队员
不论从前的还是现在的
这让我的感觉有些混乱
不知道是在中国的电视机前
还是就在美国的地盘上

路　上

宽广的高速路上
时有分出和加入的岔道
我们开着福特
不同的车辆
在我们的前后左右
傍晚时分
吉普往右去了
而丰田左拐
其他一些车
本田和奔驰
消失在视线之外
卡车虽大却很灵巧
各种颜色的车头里
孤独的卡车司机
似睡非睡
眼睛看着前方
心里想着老婆和孩子
这是91号高速公路

再往前

我们将转到89号

自由的烟头

纽约,楼高人多

黑人住黑人的

白人住白人的

一个城市,两种世界

从其他国家来的人

分别住在不同的地方

形成自己的世界

如果说纽约像荡妇

吸引着男人

那么女人呢

是不是要说纽约像高富帅

吸引着女人

这都不准确

准确的是富有与贫穷

商业与艺术

还有文明和野蛮

进取和颓废

泾渭分明又相互并存

感觉全世界的自由都集中在这里
老子在街上把烟头扔得真他妈过瘾
另一些地方不行
即使在房间外
我也要规规矩矩地
把烟头放到指定的位置

不一样的菊花

这里的菊花

不像菊花

但又是菊花

照这个句式

不管你说什么

都充满哲理

而哲理一多

等于没有哲理

故不要去想

更不要去想象

就说看见的

菊花不像菊花

但又是菊花

小约翰镇

干净的天，干净的云

干净的房子

干净的路，干净的水

干净的树林

干净的干净的

干净得舒服

又寂寞

我不知道她叫什么名字

嗨，姑娘

你很有女人味

你的神态

特别是笑容

让我想起

许多中国女孩

但你是美国女孩

我喜欢这种感觉

熟悉又陌生

它激发我写诗

就像现在

笑

嗨,你叫什么名字
如果我懂英语
我就会这样问她
她说,我叫什么什么
她肯定不会汉语
更不会彝语
我说,你真的很可爱
她笑,尽管她听不懂
我也听不懂
只有看着她
她说,你想干吗
我说,我想干吗
说了你也听不懂
于是她笑,我也笑

不懂英语等于不懂爱情

活了几十年

我只懂两种语言

我深深地感到

还差一种

在小约翰镇

那么多玩艺术的

看上去友善的女孩

我要是懂英语

我要是

会听、会说英语

歌 声

远处的歌声

隔一条河飘过来

远处的人

在远处唱歌

不会随歌声飘过来

一条河隔开两边

听得见歌声

却看不见人

远方的鱼

面对这条小河

我可能买一条泳裤

下河去游泳

不可能买一根鱼竿

像在家乡的儿时那样

五十多岁后

跑那么远的地方来钓鱼

但我感觉河里有鱼

我特别想知道

它们都长什么样

比　傻

美国是个很有诗意的地方
但是美国人不写诗，也不读诗
也许那是我看见的诗意
美国人看不见
没准他们还傻乎乎的自以为是
想起在中国坚持写诗的傻瓜
而且人不在少数，我断定
中国人未必就比美国人更傻
要是有一些我看不见的美国人
在我看不见的地方写诗读诗
那就不知道还有谁敢跟我比傻

地球的另一边

在早上

我说晚安

对家人说的

在家里

我不会说

没这个习惯

时间差

语言跳跃

思维很可笑

等

明天一早我就要离开

小约翰镇

这个住了四周的地方

它不是我的地方

虽然它的空气很好

我在这里已无事可做

而在遥远的成都和北京

还有遥远的西昌

有些事,我要去做

有些人,我要去见

但是现在,我只有等

像等爱人一样

等可恶的时间

房　子

让我坐让我躺下
让我不被看见

在外看见很多
被看见很多

不在外看镜子
或被镜子看

想看很多想看的
关久了都这样

没房子又不想看
只有闭上眼

有房子不想看
房子成坟墓

火　车

1

我少年时的忧愁

来自深夜

来自远处刚刚能够听见的

火车的叫声

铁路和车站

都在两公里以外

我怀疑整个县城

只有我听见了

或者只有我在倾听

2

夜很深

我熟悉的声音就要传来

它必然要来

听到之前和听到之后

都让我睡不着

忧愁像夜色一样

越往后越浓

直到天快亮了

我才忐忐忑忑地

睡进昨夜的梦中

3

就算睡不着

我也不会胡思乱想

为了不伤害我

灵敏而脆弱的感觉

我尽量不去想人

甚至也不去想

正在深山出没的动物

我只想屋顶上面的天空

那一片深蓝

我忧伤地表扬自己

因为我想着的天空

真够空的

连一颗星星也没有

4

县城的白天
蝉鸣鸟叫
是听不到火车声的
所以我不会在白天忧愁
少年忙碌的玩耍
使我至少把火车
抛到两公里以外

5

我曾听说有一个少女
从高高的火车桥上
跳了下去
我常常想
我听见的火车声
正是从那座桥上传来的
但是我敢肯定
我少年的忧愁
不是来自那个传说

而的的确确

来自小声的

仿佛只有我才能听见的

火车的叫声

失　眠

失眠的人上了床
开始失眠
我以夜晚的名义发誓
对于你来说
我是一片药
就好了

在雨季
只要失眠的人上了床
我的每一个细胞
都在悄悄说话
听到了一句
你就会安然睡去

神　话

我曾经被很多神话感动
今天下午
我走在宽广的马路上
阳光照着我
也照着前面的树林
我要去那里喝茶
在路上我想到了你
还有我自己
我的手中握着一些数字
它们123、456
我想对你说
今天下午
我们也在神话里

行　走

因为朋友

我去过许多地方

爱上一个人

我来到又一个地方

我为爱她而来

不想离她而去

昨晚我和她

喝了几杯酒

谈了一些情

早上醒来我在想

还有很多地方我没去

照我的本性

我是一定要去的

电 话

你在电话里说

你们那里天黑了

你说这话的时候

我们这里的太阳

还没有落山

你说你们那里

已经下雪了

而我们这里气候暖和

许多女孩都露出

胳膊和大腿

打着电话我想

在另一个地方

在我们不知道的地方

也许正在下雨

菩萨保佑

菩萨,我想有钱
我想把钱大把大把地花掉
菩萨,我想事业有成
想你随时都在我身边
总之,菩萨啊
我想舒服
保佑我睡一个好觉吧
保佑天亮之前
我的睡意像仙女般翩翩而来

绝对集体

态　度

我听你的
我当然听你的
我怎么会不听你的
你听谁的
你必须听谁的
你怎么能不听谁的
但首先是
我听你的

目　光

我在人群的中间
或是人群的旁边
都有一双眼睛
时刻看着我
从远处射来的目光

恨过头之后

变得有些暧昧

设　计

我掉队的时候

遇上一只掉队的蜜蜂

一只掉队的蚂蚁

和一头掉队的狮子

蜜蜂蜇了我一下

我踩死了蚂蚁

狮子朝我追来

境　界

如果大家都疯了

你就跟着疯

甚至比大家还要疯

好比熄灯后睡觉

你睡得最沉

连梦都不做一个

情　人

凌晨的哨声吹响之前
操场上寂静而空旷
凌晨,哨声就要吹响
我的情人啊
她藏在树林里不出来

一般来说

制造故事的人
不会讲故事
讲故事的人
不会制造故事
也有例外
制造了传奇故事的丘吉尔
似乎更善于讲故事
职业讲故事的海明威
却制造了许多惊人的故事
这是例外
一般来说
制造故事的
一生都在制造故事
或者一生只制造一个故事
讲故事的
一生都在讲故事
或者一生只讲一个故事
一般来说
是这样的

这一天

这一天就这样,不管我在哪里
睡一觉醒来,就是这一天了

这一天总会到来
我的一生有很多这一天

我等待着这一天
没有这一天哪有我的等待

我又将浪费这一天
我认为我应该伤感

即使活一百岁
也就三万多天

一天很短,三万多个一天
也很短,短到只有一百年

我喜欢这一天
我喜欢不知道会发生什么事情

这一天爱情近在咫尺
又远在天边

这一天许多程序要完成
这一天我多半要喝点酒

阿根廷蚂蚁

它们爬上船挺进欧洲
登陆后
以家族的名义迅速壮大
它们不断进攻
逐一消灭欧洲的蚂蚁
从而占领欧洲
它们继续乘船挺进别的地方
比如澳大利亚
不管在哪里
它们都能识别亲缘关系
并联合起来发动进攻
你可以轻易地捏死一只
阿根廷蚂蚁
但你无法将它们全部捏死
它们在洞穴生活
还是在野外作战
你得承认
世界不光是我们的
也是阿根廷蚂蚁的

草原上有一条河

1

我和几个朋友
到草原上去野餐
那里有一条河
河的对面全是草
这面也全是草
草原嘛,除了草
还有一些吃草的动物
还有一只鹰
在我们的头顶盘旋

2

下河游泳
并且游到对岸去
这个主张是一致的
问题是先游泳

还是先喝酒

你的道理和他的道理

听起来都很有道理

酒就在面前

河就在一边

听你的还是听他的

问题是谁错了谁正确

3

也许你错了他正确

也许他错了你正确

也许你也正确他也正确

大家都正确

也许你也错了他也错了

大家都错了

那么我呢、我正确吗

反正有一个错了,也许两个

或者更多。也许

错了就是正确

正确也就是错了

也许这根本就不是问题

4

我们还没有得出结论
河对岸的几个女孩
已经脱去了衣服
我们的争论戛然而止
对与错通通收了起来
我们看见河水
几乎淹没了她们的身体
只有几颗昂起的头
正朝着我们移动

哪天去看小安

小安病了
但小安得的病
不是肿瘤
无论良性恶性

俗人都要生点病
小安也不例外
就算她写的诗
像跑到人间来的
仙女在跳舞

生病的人
大多情绪灰暗
小安是不是也这样
她病得不轻
当然也不算太重
最多比感冒
稍稍重一点

得知她生病后

我一直想去看她

我想约上两三个

她的老朋友

我还想告诉她

在果皮村有许多

喜欢她的新朋友

我这样想

无非是要她

灰暗的情绪

变得明亮起来

实际上

这是多余的

我认识的小安

从来就是个

无所谓明暗的

女诗人

反 省

今天是星期几
对我来说
并不重要
窗外阳光灿烂
晴朗的天空中
不时有飞机的声音
我吃饱了饭
没事干
在果皮村的广场上
像一个老手
到处点评
我吃得太饱了
虽然只有一菜一汤
我一边吃
一边对自己的厨艺
大加赞赏
人在得意的时候
往往会忘形
我真是个人

运动一组

户　内

很多年以来
我坐着或者躺下
各种凳子和床
构成了我的生活
不仅我这样
还有我的四川朋友
很多年以来
我们的活动在户内
在凳子和床上

户　外

所以我提议
干脆号召吧
我的四川朋友们
该出去了

去爬山或者游泳
反正到处都是山和水
走路也行。总之
让我们迟迟不回户内

学　习

我不是要丢掉
我们的户内活动
这是不可能的
我们也不要老在户外
我是说在运动这点上
来个取长补短
我知道有一帮人
他们男男女女
谈笑间上山又下山
个个轻灵、饱满
还不胖
真他妈可以

体　质

我的朋友纷纷出走
他们到了其他地方
依然待在户内
在我们准备出门之前
我想告诉我的朋友
运动能增强体质
至于能不能增强性欲
试了才知道

这个夏天

客人不断
酒不断
在西昌那边
太阳早就把人晒黑了
我需要一丝风
以解成都的酷热
我不敢期望雨
这太奢侈
2006年的夏天
作为老百姓
我排队抢购空调
作为诗人
我惊叹蚊子都被热飞了
还有一些好人
被热死
为历史负责
我写下这首诗

艰难的一天

早晨八点我醒来

昨天已经过去

争执已经过去

谅解和信任已经过去

神啊在你面前

我永远长不大

我知道那是一种痛

一种很痛很痛的痛

好在还有麻木

还有明天

还有你,我的神

看书的过程

首先是前言
它想说明一些问题
对，问题
很多书都想解决问题
对我来说
看书不是问题
所以前言很重要
但可看可不看

接着是目录
它们像诗一样往下排
每一行都精彩
大有炫耀和广告之嫌
写书的人
都在上面下功夫
而看书的人
更关心后面的内容
所以目录不重要

但一定要把它看透

翻开正文的第一页
就像恋爱进入实质
开始品味
一页如一日
其中的酸甜苦辣
高潮和低迷
情绪随着进程而起伏
虽然是正文
总爱走偏锋
该涉及的都涉及了
最后打上句号
你得承认
它必须在这里结束

后记是余味
是作者露出的尾巴
我通常点上一支烟
眯着眼睛看后记
我看得很随便
烟抽得很满足

对于作者的唠唠叨叨

我心领神会

却又不以为然

自 白

1

有些事在川流的人群中发生
有些话在心中渐渐形成
说出来还是不说
看时间、地点和人物
我就这样来来往往几十年
衣服在衣柜里
情人在远方
雨季我和动物一起沉默
与它们不同的是
我没有发情期

2

她说：你当年好帅哟
她的意思是
我现在让她失望

当年我留着长发
穿新潮的衣服、写诗
我和各种年龄的妇女
保持着应有的关系
脸红的事是经常发生的
而小姐太太们
有的骂我，有的恨我

3

第一次第一百次
和异性发生关系
这都属于个人隐私
就像俗话说的
有些事做得说不得
幸好我在写作的时候
还没有什么不敢说的
我是在哪一天
写的第一首诗
已经记不清了
而第一次和她做爱
我却记得很清楚

4

我到邮局寄了一封信

那是一封寄到远方的信

从邮局出来

我感到了几分轻松

这些话在心里放了很多年

去年冬天

西昌下了一场大雪

寒冷中我就打算写这封信

直到今年的夏天

我才流着汗把它写完

新 人

我在不好的状态下
写了一首好诗
为了表彰自己
我去买了一双新鞋
可是第二天
又写了一首好诗
我忍不住一阵得意
为了惩罚这种心态
我没有穿新鞋
走在路上我还在想
即使穿着旧鞋
也他娘的像个新人

门

我们一天要开很多次门
同时也要关很多次门
基本上开一次就要关一次
我们开了不一定马上关
关了也不一定马上开
但开门和关门的次数是相等的
你难以想象面对同一扇门
开两次而关一次
或者关两次而开一次
这就是门设置的道理
你无法逾越，哪怕你很想
而它的作用说到底
就是用来保护你的无能
一旦摆脱道理，你就有办法
使开门和关门的次数不相等
假如你一定要这样做的话
当你再次打开门
又不想再次把它关上

你就坚持不关

更何况你还可以把门去掉

彻底杜绝那相等的一关

金钱草

我在凌晨一点左右上床
我并没有睡意
只是这个时间该上床了
我翻开一本书
继续昨晚的阅读
而她在一边早已进入了梦乡
我读到某一章节的时候
结尾处写着三个字：金钱草
寂静中我听见她也说
金钱草，金钱草
然后翻了翻身又睡了

我常常想起那天晚上的巧合
问她究竟梦见了什么
她总是笑而不答

特别的诗

这是一首特别的诗
特别的诗不一定是好诗
它最多是一首特别的诗
我坐下来写它
这很特别
之前我心无杂念
只管照顺手的方法去写
从不考虑特别不特别
而想法一变什么都变了
好坏先放一边
来一点特别的
这首诗的特别就在于
我想写一首特别的诗

像歌词的诗

从树上掉下来的
是苹果
还有杏子和蜜桃
一切树上的水果
都会掉下来
从地下飘上天的
是云朵
还有灵魂和青烟
一切想去天国的
都能去天国
啊……
天上地下
啊……
灵魂云朵
一切想去天国的
都能去天国

偏 爱

最自然的东西

就是风

该吹就吹

有时大有时小

它不像雨

该下的时候

常常不下

也不像人

该活的却死了

该死的却活着

风卷残云

有形无色

风比什么都好

风啊你就吹吧

偏爱的后果

我偏爱风

更多是偏爱吹得小的风

如果再大一点、再大一点

在海上、陆地,不可阻挡

但我还是忍不住偏爱

我知道这是不厚道的

怎么能随便偏爱呢

如果我刚好赶上,身临其境

只有拿命来偏爱

走火入魔

莫名其妙的时候

我总是相信

世界是我想出来的

要不然几十年来

我面对的世界

为什么如此的清晰

也是在莫名其妙的时候

我深切地体会到

世界客观得要命

根本不以我的意志为转移

不管我怎么想

它都是它的样子

在更加莫名其妙的时候

我怀疑我在世界上

居住、游走与写诗

还要睡觉，做奇怪的梦

我甚至想怀疑

我曾经活过，现在也活着

信 仰

你信仰这个
我信仰那个
他信仰另一个
这世界就是因为
信仰太多
所以不太安全

表 态

世界安不安全
跟信仰有屁的关系
这话我不同意
世界安不安全
跟权力有直接关系
这话我同意
世界安不安全
跟我没半点关系
这话我最同意

我发现我善于发现

我发现我已写了好几首
有世界这个词的诗
我发现我在反省自己
世界那么大，那么虚
写多了没意思
我还发现世界这个词
反复用会影响情绪
让人变得不想负责
而写小一点，近一点
比如身边的情人
镜子里的自己
比如窗外的夜色
低调的心里话
感觉更灵敏，精神更振作
这首诗写到这里
我发现我的发现
很多人早就发现了

我心中的小说

那是在九月的一个雨天
雨时停时下
天空灰蒙蒙的
雨天的天空总是这样
信不信由你，就在那天
我想到了一篇好小说
好得让我不敢写
到现在我也认为
那的确是一篇很好的小说
只要我不写

流浪者

流浪者小强说

想吃到一口热饭

喝到一口热汤

还想有个遮风避雨的地方

桃村的小红说

你要的太少

所以什么也得不到

小强问

我还能要什么呢

小红说

如果你想要我爱你

并且嫁给你

照顾你一辈子

你就能得到你想要的

情 侣

有一对情侣

他们十八岁时相约

要做鸳鸯

三十八岁时相约

要做天鹅

五十八岁时相约

要做他们自己

A和B

A

花开了才是花
花蕾不是花

B

女人长大了才是女人
没长大只是女孩

A

花已经很好看了
但红花最好看

B

漂亮的女孩很好看

漂亮的女人更性感

A

红花好看不是因为红
是因为花的形状

B

最美的女人
不光是漂亮

A和B

花是花
女人是女人
好看的花有千万种
女人的美只有一种

小女孩

小女孩，你为什么哭泣
你还未到恋爱的年龄
是不是把心爱的玩具弄脏了
是不是父母让你做不想做的事
小女孩，你伤心地哭泣
让我心痛，但我是笑着心痛的
我想告诉你却又没法告诉
等你长大了，恋爱了
等你增长阅历直到老了
但你现在是小女孩
一个漂亮、哭泣的小女孩

生死歌

一个人活着,就这样
一个人死去,就那样
一个人活着
一个人死去
不是这样就是那样
一个人从活着到死去
一个人必须先活着再死去
一个人啊
这样活着
又那样死去
一个人活着,做活着的事
一个人死去,死去就死去

一棵树与一片森林

我看见一棵树

另外一万个人

分别看见这棵树

我们加起来

不等于一片森林

我看见一片森林

另外一万个人

分别看见这片森林

我们加起来

还是这片森林

而我们减去

九千九百九十九

这片森林

也不等于一棵树

卖樱桃的人

他的樱桃看上去不错

但我不知道是甜还是酸

他说你喜欢甜它就甜

你喜欢酸它就酸

不信你尝一个

我说我喜欢甜

他说我的樱桃只甜不酸

我尝了一个,果然很甜

我说我更喜欢酸

他说我的樱桃比谁的都酸

我又尝了一个,果然很酸

我说其实我两样都喜欢

他说这就对了

我的樱桃又甜又酸

我再尝,果然如他所说

这太神奇了

卖樱桃的变成了魔术师

你们说我还买不买

一辆红色的轿车停在雨中

一辆红色的轿车停在雨中
一些打着伞的人从旁边经过
雨淋到车却淋不到人
但是在这样的雨天
他们的鞋和汽车轮子一样
必定被雨水打湿

午夜写诗

午夜时候写诗

往往有两种状况

一种发呆

一种才思敏捷

睡不着

打着写诗的幌子发呆

觉得自己太有才

黑暗中

写诗写得才思敏捷

觉得自己最有才

那种感受

仿佛全世界的飞蛾

都朝我这个亮点

铺天盖地而来

八月的风

起风了

早该起风了

天地太安静

太阳死一般照着八月

风起之后

该痛痛快快地

下一场雨了吧

眼　睛

所有人的眼睛

所有动物的眼睛

一只眼、两只眼

乃至许多只眼

所有的眼睛都在看

世界被看得不像样子

我是一个忙碌的人

我是一个忙碌的人
忙碌到无事可做
只要醒着,没有睡觉
我的大脑便一刻不停
该想的不该想的都想
其间还要抽空搜集信息
我的思想马不停蹄
情绪波澜起伏
真够忙碌的
我想给自己放一天假
选个有山有水的地方
就是没有人
我要彻底休息一下
然而终究是忙碌的命
休息意味着无聊
我不可能无聊到
数地上的虫子和水里的鱼

晾衣服

穿衣服是生活的需要
穿什么衣服是历史的要求
穿了衣服要洗
洗了衣服要晾
世上到处都能看见晾着的衣服
这说明人类还生活着
当我们看见晾着的外衣
就仿佛看见了生活的严肃和呆板
而内衣和胸罩
总让人感到温暖
在所有晾出的衣服中
最有诗意的该是
老式的和新潮的衬衣
还有世界的乡村
各种花纹的衣服
晾晒在庭院、草地
以及河边的青石板上
最让人遐想的是在古代

一个书香门第的院子里

不易被人看见的阁楼

晾着一件红肚兜

粉红的或中国红的肚兜

一阵微风吹来

那是明朝带有桃花香气的春风啊

使肚兜轻轻摇摆

现在的世界人口多了去了

宿舍、公寓、私宅

恋爱的未恋爱的男生和女生

都在晾衣服

各种各样的衣服

这样晾着

感觉像一场无声的战争

只有在军营的星期天

阳光明媚的上午

寂静的操场上空无一人

只有这时,只有晾着的

一排排白色衬衣

让我们想到和平

一想到和平

我应该感到幸福

可没由来地感到伤感

想起故乡的日照下

弯曲闪亮的河流

以及居住在两岸的人们

他们晾出的衣服上

民族花纹已越来越少

严格地说

我的伤感跟战争与和平无关

我的伤感只针对衣服

而且是晾着的衣服

古往今来

世界上晾过那么多衣服

能不让我伤感吗

随着科技的发展

我希望人一生只穿一套衣服

或者两套、不超过三套

到那时就算我想伤感

也伤感不起来

最多有些许怀念

曾经晾过的衣服

多么落后,多么可笑

多么令人神往

科技它还要继续发展
把人带到遥远的星空
远到什么程度我不关心
我关心的是
人类的最后一件衣服
在什么时候什么地方晾出来

想一个人

如果我每天想一个人

如果我随时想一个人

而且是同一个人

如果我想的这个人

不会每天想我

更不会随时想我

我该悲伤还是想她

这个问题我只用一秒钟

就搞定了

我决定化悲伤为快乐

然后继续想她

想一件事

这件事说大不大
说小不小
当我想起了
它就是一件事
当我没有想起
它也是一件事
就这样放在心里
从小到大再到老
它是不会被遗忘的
也不会天天想起

想一个地方

它叫以日

那是我学会走路

学会说话

学会写字的地方

也是我学会钓鱼

学会发呆

学会打架的地方

我还跟着农家的同学

学会了放牛

跟着河边的小孩

学会了游泳

我十岁前在那里

学到的东西

够我受用一生

每当想起

这个叫以日的地方

它的一草一木一沟一坎

我都要在心里

仔细地过一遍
再想想那里的人
一些死了
一些走了
许多儿时的玩伴
就是迎面相对
也已认不出来

蝴蝶1

窗外野菊花开了一地
一只常见的白蝴蝶
以蝴蝶的姿势飞来飞去
它的体形跟黄色的野菊
一般大小
它飞飞停停
悠闲地玩耍采蜜
突然它飞离一朵菊花
像被风卷起一样飞走了
尽管一丝风也没有
我坐在窗边的电脑前
心中一片空白
那只飞走的蝴蝶
让我忘记了要写的诗

蝴蝶2

前几天的野菊不见了

窗外的草坪

被园丁打理得整整齐齐

没有了菊花

蝴蝶再也不会飞来

我坐在窗边的电脑前

心中不为所动

没有菊花和蝴蝶

还有鸟和树

还有差点被推光的草坪

我预感到

等这些都没有了

我要写的诗将露出端倪

生　活

在快乐老家火锅店
我和几个老得不能再老的
老朋友一起聚餐
酒到中途我起身去洗手间
穿过大厅时
看见一个人对着我走来
我心想这家伙比我胖
也比我老
当我和他快要撞上才发现
原来那是一面镜子

三读一本书

三十年前
我从头到尾
认真地读完这本书
我读懂了
三十年后
我从头到尾
又一次认真地读完这本书
同样读懂了
但感受完全不同
我想再过三十年
又一次读这本书
又一次读懂
感受也将又一次不同

小房子·酒吧

我熟悉的小房子
前后有两个老板
两个都是女的
前一个姓杜
我们叫她表姐
后一个姓庞
我们叫她小庞
不论表姐还是小庞
小房子都叫小房子
表姐当老板的时候
很多爱好文化的人
来这里喝酒
表姐一走
仿佛把文化也带走了
小庞当老板
我也来喝酒
比表姐在时来得少些
但每次路过小房子

我都要往里看一眼

希望看到小庞

遗憾的是经常看不到

去黄龙溪

从我家到黄龙溪

要经过牧马山

旁边住着我的朋友李侃

他是卖药的

把治病的药

卖给生病的大众

他也写诗

这就厉害了

其企图之大令人咂舌

他不仅要治大众的身体

还要治大众的心灵

在此我幽他一默

不管他治不治得了

他都是一个高尚的人

朋 友

我的酒量每况愈下
可我就想和你们喝酒
不管怎么说
南京是个好地方
每个人都有他的工作
和一些要做的事
我想在此抒一把情
说句多余的话
谢谢你们的酒
在我要感谢的朋友中
包括客居南京的闲梦

没有诗歌哪来工作

我同何小竹去青城山
我们不是去旅游观光
看看就走
我们要住下来
写一部电视剧的分集大纲
我们每天先讨论
然后回到各自的房间
分别写一集
第二天接着讨论
刚开始进展顺利
后来就发生冲突了
从争论到争吵
都感到对方不仅笨
而且固执得一塌糊涂
我们都很生气
回到房间不见对方的面
直到吃饭的时候
才一起去餐厅

我们是来写剧本的
但我们首先是写诗的
我们放下工作
一边谈诗一边喝酒
几杯酒下肚
早把电视剧忘了
在诗歌面前
所有的矛盾迎刃而解
之后我们继续讨论
冲突一起,我们就谈诗
枯燥受限的二十多集
电视剧分集大纲
恨不得多写几集才过瘾

杨黎和成都的太阳

自从杨黎走了以后

成都的日照便多了起来

杨黎去北京

主要是为了晒太阳

因为成都的天气就一个词

阴暗

杨黎一走

太阳就出来

到了三月

太阳已经大得晒不起了

看来坏天气

也是可以变好的

当然成都的阴暗

跟杨黎无关

他是受害者

在成都数十年

没有享受到家乡的太阳

相反被我这个外地人享受了

想起杨黎

太阳出来一次

我就内疚一次

哪怕他和我一样

正在享受异乡的太阳

点　菜

上餐馆点菜
是需要水平的
不仅要点自己喜欢的
更要点别人喜欢的
尤其要点大家可能喜欢的
小李问
可不可以点一份美女
这是他喝酒前
故作认真地
询问服务员
小李喜欢扯淡
如果是酒后点菜
他八成要问
可不可以点一份裸女

现　象

书要么在我的手上
要么在书架上
酒要么在瓶子里
要么在我的胃里
梦要么在黑夜
要么在白日
美女要么在镜子前
要么在大街上
动物要么去非洲
要么上电视
佛要么在嘴里
要么在心里
彝人要么在山上
要么在天上
上帝要么在
要么不在

静夜思

深夜,睡意来了
我放下书,关上灯
而睡意突然又跑了
我想起了你
我想尽快见到你
有一个问题
和许许多多问题
需要讨论
比如他乡的月亮
和今年始终未下的雪

习 惯

叫你不要走

你还是走了

走得比妖精还快

我注定是孤独的

人再多,爱很少

我只能小心守护

孤独意味着自私

我的灵魂还没有

净化到博爱的程度

还有很多东西看不惯

眼里容不得沙子

你走了也好

让我像无数夜晚一样

保持固有的习惯

想一下你,然后睡去

隐秘的河

有没有一条河
只被一个人看见
答案肯定是没有
一条河和一座山一样
虽然河水会流走
但河床始终在那里
一条河再隐秘
都会被很多人看见
一个人看见的河
实际上是不存在的
除非只剩他一个人

等　待

一些天外的东西

我不知道它们什么时候来

但它们肯定会来

它们从天外来

使天空不仅仅只是蓝色

它们不像阳光

阳光也从天外来

它们不像阳光天天来

但迟早百分之百肯定会来

天　啊

天太大了

天一大

我们就小

我们使劲地喊

天啊天啊

的确可怜

天那么大

我们那么小

其实

喊了也没用

天还是那么大

我们还是那么小

而我们越喊

天越大

我们越小

就算我们把天

装在心里

不喊

我们也不会大

天也不会小

所以我们喊不喊

天都大

我们都小

张老师

1. "我喜欢调皮的学生,只要成绩好"

上初中时
我的数学老师姓张
她同时也是我的班主任
我的成绩只比一般好一点
可她同样喜欢
我这个调皮的学生
她从不检查我的假期作业
因为她知道我贪玩
她硬让我加入红卫兵
尽管有些班干部
坚决认为我不合格
同学找她告状
说我同其他班的学生打架
她听了就听了
从未向我提起过
但是我调皮过了头

拒绝读高中

辜负了张老师的喜欢

2. "雨过天晴,少年郎,下河去钓鱼"

初中毕业时

张老师对我说

临时抱佛脚没有用

你不是喜欢钓鱼吗

中考的前三天

你去钓鱼

每天扛着鱼竿

从我家门前经过

她是希望我考个好成绩

而我这个坏学生

虽然遵守了师命

但我下河钓鱼

绝不是为了放松心情

我压根就不紧张

即将参加的中考

是我十五岁以来

最不在乎的一次考试

因为偏早熟的我

已经不想读书了

3. "给我滚开,我再也不想见到你了"

听说我不读高中

张老师苦口婆心

教育、开导、引诱、恐吓

她花了比一节课还长的时间

我当时的态度

现在想起也脸红

一个十五岁的小子

比石头还顽固

愤怒(也许还有伤心)的张老师

涨红了脸(也可以说黑着脸)

朝我大声呵斥

我转身飞快地逃离

这一逃逃到了今天

张老师,难道这一生

我们再也见不到了吗

张老师

见不到就见不到吧

你一直在我的记忆里

最矮的同学

他年龄最小,所以最矮

在争强好斗的年龄

他一个也打不赢,所以不打架

他说要写一部兵法

一个人打赢一百个人

你信不信

一百人打赢一万人

你信不信

一万人打赢一百万人

你信不信

同学们都不信,但我信

我是个什么都相信的家伙

从那时起直到今天

我总感到身边都是一些

了不起的人物

后来最矮的同学当了兵

他是在一个靠人海战术

取胜的部队里

我想这对他要写的兵法

或许是一件好事

朦胧的初恋

我们班的男生和女生

比例大约各占一半

不知是从哪一天开始

我觉得她最漂亮

她坐在前几排

上课时我的目光

总要从黑板上移下来

停留在她的背部和侧面

每当她把头转向这边

我就会耳根发烫心跳加快

其实这应该不算初恋

是单恋

除非她转过头来看我

心中也像我看她一样

两个单恋加起来

算不算初恋

既然是恋，总该有亲热的举动

而我们甚至没有走近过

更不要说其他

我怎么也想不起

在少年的春梦里

有没有梦到过她

我对她那样地着迷

却没有同她亲密

火热地搞一把

哪怕是在梦里

这种少年内心中

直接野蛮的情怀

终成为一生的遗憾

唯一聊以自慰的是

我不相信还有哪个

缺德的家伙

把初恋写得像我这样直接和粗鲁

三个诗人

李亚伟对杨黎说
马松天真得很
见到猫就喊：猫、猫
见到狗就喊：狗、狗
杨黎问那他见到人
会不会喊：人、人
李亚伟说那倒不会

一块布

它不是洗脸的毛巾
也不是做衣服剩下的
它是一块完整的布
有时包在头上
有时系着脖颈
摔跤时还可以作腰带
以便勒紧对方的腰杆
它常常被随意地
放在屋里的任何地方
洗净后晾在绳子上
它是一块生活的布
但不是诗人的生活
它没有象征意义
不能挂上旗杆去飘扬

周末快乐

上班的人盼着周末
周五前归集体
星期六归自己
隐藏在内心的动机
只有到星期六去实现
而能否实现
要看当时的胆量
但是那些好女人啊
她们坏起来天都会变
无风刮风，无云下雨
她们坚信没有女人
哪来男人
她们也不想一想
没有男人
女人还有什么意义
在星期六这个
挥霍阴暗的时刻
见面都说周末快乐

女 人

你是一个女人
一个成熟的女人
你曾经年轻过
你以后会老去
不管你在哪个年龄
你都是女人
和你比起来
男人是动物
尤其在性方面
而在其他领域
女人总是体现着
人类闪光的一面
据说女人是水做的
我们是泥巴
你们是水
泥巴永远也洗不干净
我还是愿意被你们洗

蔑　视

我听说了，就是他

那么，你将怎样收拾他

这种人，恨都把他恨死了

你的意思是

你自己气死，还是你一气，他就死

我的意思很简单，用眼睛直接把他看死

下 雨

死了一个人
下了一场雨
我们说那是天空在流泪
相信的人发现
雨水咸咸的
像泪水一样
不相信的人自然不相信
雨水它就是雨水

童　谣

那天下午,阳光明媚,我在露天茶坊喝茶

离我不远的地方坐着两个女人

一胖一瘦,她们在聊天

胖:现在听不到童谣了

瘦:哦,童谣,儿童的歌谣

胖:在古代,童谣时常从民间传出

瘦:童谣一起,必与天下大事有关

胖:我想写童谣,只与天下小事有关

瘦:这还是童谣吗

胖:我想是

听到这里,太阳被云层遮住了,接着开始刮风

我叫来服务员,付了钱,起身匆匆离去

见 鬼

我相信有鬼,也相信我迟早会见到鬼
鬼不是人人都能见到的
它们主要在夜间出没
偶尔也在白天亮相
来无影去无踪的鬼啊不受引力的限制
人怕鬼,因为心中有鬼
鬼怕鬼,像人怕鬼一样
普通的鬼怕特殊的鬼
那些垃圾鬼,吊儿郎当的鬼
最大的能耐充其量就是吓唬人
而好鬼不害人,最好的鬼帮助人
我感到这个时刻就要到了
在不经意间,一眼就见到了鬼

大 气

做人要大气一点

想几个人

还不如去想一个时代

但一个时代人太多

我想不过来

为了表现我的大气

我反复去想这几个人

让他们代表一个时代

如果再大气一点

干脆一个人代表一个时代

这样我想的就不仅仅是

几个人,而是几个时代

开心的疯子

最近常常在半夜

听到一个人唱歌

他唱得很开心

唱完还要大笑

在半夜,在街上

这么又唱又笑的

肯定不是正常人

有好几次

我差点就跟着笑了

但我不是疯子

就算我在半夜

躺在床上跟着疯子笑

停　电

今晚停电

窗外一片漆黑

我点上蜡烛

无聊地坐着

历史发展到今天

人类已离不开电

静静的小区

仿佛跟时间脱节

我走到窗前

感觉走到了古代

有趣的来客

一只黑色的鸟
从外面飞进我家客厅
直接飞到我的肩上
我感到受宠若惊
鸟毕竟是鸟而不是人
我坐在沙发上
肩膀一动不动
心想也许它饿了
我刚这么想
它就飞到茶几上望着我
我到厨房抓了一把米
小心地放在它面前
它啄一粒米看我一眼
一把米没啄到一半
这只漂亮的黑色的鸟
飞起来绕着客厅转一圈
又从开着的门飞走了
等我来到门外

早已不见它的踪影

我真诚地希望它

再一次飞到我家来做客

等到下一次

我看见一个人
从远处朝我走来
我看见他走到我面前
瞬间不见了
就好像我没有看见一个人
从远处朝我走来
走到我面前
但我的确看见一个人
从远处朝我走来
的确走到了我的面前
可是这个人呢
我看见的这个人
他突然消失
让我的看见如同没有看见
我只有等到下一次
不管消失不消失
我保证一眼就能认出他

美好的事

什么样的人
都想遇上好事
从好的方面讲
都向往美好
我也是这样
希望多一点美好
而且从我做起
不能做美好的事
就说一说美好的事
不能说美好的事
就想一想美好的事

送 花

以前只有在电影里
看见男人给女人送花
后来在生活中也看见了
我特别感到送花
是一件很牛很浪漫的事
我一直想送却一直没送
也许就是因为太牛了
让我送不出手
据说双鱼座的人浪漫
简直是胡扯
看看我这个双鱼座
半辈子没送过一次花

种在楼顶的树

它们成不了森林
但仍有各种鸟儿飞去
鸟儿都喜欢歇在树上
哪怕是种在楼顶
长不大的小树上
楼顶还种了花草
花草吸引了许多昆虫
这些本该在地上的东西
也像人一样
居住在不断升高的空中

夜　晚

孤独的时候

一切都在远方

只有我不在远方

睡觉的时候

一切都很近

只有我在远方

吃 酒

在水浒传里

宋朝人把喝酒说成吃酒

今天的人喝酒就说喝酒

吃酒听起来古怪

说起来别扭

但有一天在饭桌上

漂亮的表妹对我说

来表哥，我们吃一杯酒

我说，吃

我们就吃了

那杯酒吃得很有古意

接下来只要举杯

我们都把喝酒说成吃酒

进 步

古人离不开马

我们离不开车

古人讲道德

娶了妻再纳妾

我们讲文明

结了婚再离婚

古人想不到我们

我们猜不出未来

人民的梦

有翅膀，飞起来
这是鸟的本领
无翅膀，飞起来
这是人的愿望
飞起来的人不是人
已经是神仙
梦想自己成仙
只能是梦想
祈求人人飞起来
梦想终成现实

我的未来

我要打一个电话
几天来却犹豫不决
这不像我的风格
俗话说关心则乱
电话一旦打通
必然有个结果
我太在乎这个结果了
它关系到我的未来
而我的未来
就在打完电话之后

混 乱

有个人在街上跑
街边的人大声问他
你跑什么
他说兴趣来了
问他的人没听清楚
追上去边跑边问
什么来了
被问的人反问
什么来了
又有人大声问他们
你们跑什么
两个人都回答
什么来了
问到最后
满街的人都在跑
都在喊：什么来了

故 宫

我曾经陪两个人
像中外游客一样
拥挤在名胜古迹之间
下次到北京
我发誓
有些地方我是不会去了
比如故宫
那么多人
我一直不明白他们
在看什么,感叹什么
尽管当时我也是一脸
历史的表情

感　恩

背水的妇女啊

弯着腰。男人在喝酒

砍柴的妇女啊

背柴下山。男人晒太阳

地里生孩子的妇女啊

收工回家。男人背家谱

交战之时的妇女啊

忙着做饭。男人死在战场

守家养子的妇女啊

望眼欲穿。男人不知在何方

照　明

一盏路灯

照不到几个人走路

一排路灯就好看了

不光灯好看

路也好看

而在乡下的夜间

一把电筒照着眼前的路

不时也照照

看不见的景物

但远处的村庄

不照就能看见

它闪烁的灯光预示着

再走多少路就能到达

做 客

走了很远的路
进入村子
敲开门进屋
寒暄后坐下
在温暖的火塘边
主客都满怀亲情
孩子们该睡了
却不愿上床
躲在大人的身后
偷看客人
先杀一只鸡
以解饥渴
再宰一头羊
大快朵颐
期间酒不断
美食加美酒
路再远也值啊

我他妈挺崇高的

1

今夜我想写诗
但更想说话
诗歌之神啊
请让我把诗作为工具
但仅限于今夜

2

谁敢骂自己的民族
谁就是我的兄弟
那些只敢赞美的
让他们去赞美吧

3

民族的好

我偷着乐

民族的坏

我大声说

4

强大和先进

有时候是如此的庸俗

当人类三三两两

走在文明的路上

彝人在一边晒太阳

在泥土和杂草中跳舞

5

走吧

不管你们走到哪儿

彝人都在一边晒太阳

在泥土和杂草中跳舞

接着走吧,你们

6

独一无二
跟好坏无关
我喜欢独一无二
好的让它好
坏的交给时间

7

我担心
我为什么不担心
我很担心
别人的评判
是别人的
不是自己的

8

以民族的名义
为自己写诗
以自己的名义

为民族写诗

是截然不同的

9

我多想看见从前的彝人

看见他们喝酒吃肉

愤怒与开怀大笑

而每当夜晚来临

总能听到毕摩诵经的声音

10

当人不再像人

鬼不再像鬼

当民族不再像民族

那就好玩了

平原记

我到平原许多年了
住在一楼
连楼梯都不上
不知道还能不能爬山
走平地倒是挺快的
我当年爬山
只比坐电梯慢一点
毕竟腿跑不过电
我在平原回忆山区
好比在街边仰望高楼
我从山区来到平原
照样喝茶、饮酒与胃痛
对美食如对美女
胸怀一颗高雅的狼子野心